CACHÉ !

À R. S.

ISBN 978-2-211-23160-2
Première édition dans la collection «les lutins»: février 2016
© 2013, l'école des loisirs, Paris
Loi numéro 49 956 du 16 juillet 1949 sur les publications
destinées à la jeunesse: octobre 2013
Dépôt légal: février 2017
Imprimé en France par I.M.E. à Baumes-les-Dames

Stephanie Blake

CACHÉ !

les lutins de l'école des loisirs
11, rue de Sèvres, Paris 6e

Où es-tu, mon p'tit loup? Sur la tour Eiffel?

Tu es au marché?
Je suis sûr que
tu te
CACHES
dans
les fraises!

Tu es encore
CACHÉ?
Mais, mon p'tit loup,
je ne te vois
PAS
du tout!

Dans un musée ?
Tu es
FOU,
mon p'tit loup,
tes copains
te cherchent partout !

Sors de ta
CACHETTE,
mon p'tit loup !
C'est l'heure
du goûter !

Mais,
mon p'tit loup,
avec qui
tu
JOUES?

Ah! te voilà enfin,
mon p'tit loup!
Ne te cache
pas, surtout!
je viens te faire
un BISOU!

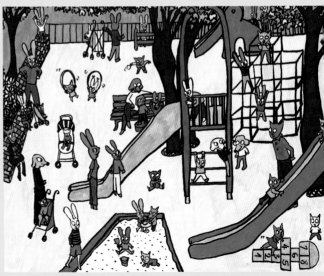